May19
4c
10/16/17
ce = 2

Daphné
au royaume enchanté

Merci à Linda Chapman

Cet ouvrage a initialement paru en langue anglaise
chez HarperCollins Children's Books sous le titre :
Delphie and the Magic Ballet Shoes

© HarperCollins Publishers Ltd. 2008 pour le texte et les illustrations
Illustrations de Katie May

L'auteur/l'illustrateur déclare détenir les droits moraux
sur cette œuvre en tant qu'auteur/illustrateur de cette œuvre.

© Hachette Livre 2009 pour la présente édition

Adapté de l'anglais par Natacha Godeau

Colorisation des illustrations et conception graphique : Lorette Mayon

Hachette Livre, 43 quai de Grenelle, 75015 Paris

Darcey Bussell

Les Ballerines Magiques

Daphné
au royaume enchanté

hachette
JEUNESSE

Voici Daphné Beaujour

Elle vit des aventures extraordinaires !
Pourtant, elle n'a que neuf ans.
Sa passion, c'est la danse classique.
Elle rêve de devenir danseuse étoile…
Un jour, son professeur lui confie une paire
de chaussons magiques : ils ont le pouvoir
de la transporter à Enchantia, le monde
des ballets ! À elle maintenant de protéger
le royaume enchanté de tous les dangers…

À l'école de danse

Le *Cours de Danse de Madame Zarakova* est une école extraordinaire. Daphné s'en rend vite compte !

Madame Zarakova, qu'on appelle Madame Zaza, est mystérieuse, et connaît de fabuleux secrets !

Tiphaine et Julie sont les meilleures amies de Daphné. Mais elles ne savent rien d'Enchantia…

Giselle considère Daphné comme sa rivale car, sans elle, elle serait l'élève la plus douée du cours !

Chez la Méchante Fée

Vers le château
du Prince Charmant

Le manoir
de Cendrillon

Le lac des cygnes

La forêt enchantée

L'île interdite

Le château du Roi Souris

Le lac ensorcelé

Les habitants d'Enchantia

Le Roi Tristan, son épouse la Reine Isabella
et leur fille la belle Princesse Aurélia
vivent au palais royal,
un magnifique château de marbre blanc.

La Fée Dragée aide
Daphné à veiller
sur Enchantia.
D'un coup de baguette
magique, elle peut réaliser
les tours les plus
fantastiques.

Le Roi Souris déteste la danse.
Il habite un sombre château,
sur la montagne, avec sa cruelle armée.
Il n'a qu'un but dans la vie :
chasser le bonheur d'Enchantia.

La ballerine se tient bien droite
dans la lumière, la tête penchée,
les bras gracieusement tendus en avant.
Soudain, la mélodie s'élève,
douce, aérienne. La musique
d'un monde de magie, à la frontière
de notre monde.
La ballerine ferme les yeux et commence
à danser. Si elle se laisse porter
par les notes enchantées,
elle franchira la frontière…

1. La nouvelle école de danse

Vite, Daphné rentre à la maison. Il neige à gros flocons, ce soir.

Pourtant, elle s'arrête en chemin. Comme tous les jours, elle admire la plaque brillante de la nouvelle école du quartier:

Cours de Danse de Madame Zarakova.

Soudain, une voiture freine à côté d'elle et deux fillettes en sortent en courant.

— Oh, non ! On est en retard ! crient-elles. Madame Zaza va se fâcher !

Elles franchissent la grille du vieux bâtiment, grimpent les

deux marches du perron et se précipitent jusqu'à la porte d'entrée.

Sur le trottoir, Daphné les observe avec intérêt. Elles doivent avoir neuf ans, comme elle. Elles s'engouffrent dans l'école.

Juste avant que la lourde porte se referme, Daphné aperçoit un pan de mur blanc et un parquet bien ciré.

Elle soupire : elle aimerait tellement prendre des cours de danse, elle aussi ! C'est sa passion depuis toujours !

— On verra plus tard, ma chérie, lui avait promis sa mère, quand elle était petite. Le conser-

vatoire est loin, et on ne peut pas t'y conduire chaque semaine.

Et puis, il y a un mois, Madame Zarakova a installé son école dans la rue de Daphné ! Mais ça n'a rien changé…

— Ton père et moi n'avons pas les moyens de t'inscrire, ma ché-

rie, lui avait expliqué sa mère en soupirant.

Daphné comprend la situation : après tout, on ne roule pas sur l'or, à la maison !

Mais elle ne se décourage pas.

Elle continue d'emprunter des manuels de danse à la bibliothèque, elle attache ses longs cheveux bruns, et elle s'entraîne dans sa chambre sans relâche.

Elle connaît tous les exercices, tous les pas… Daphné danse partout, et tout le temps. Même dans la rue, devant les passants !

Elle adore tournoyer, bondir, virevolter.

Au fond d'elle, elle le sait, elle
en est sûre : elle est née pour être
ballerine !

Daphné regarde toujours la
façade de l'école, à travers la

grille. Quelques notes de piano s'élèvent maintenant du rez-de-chaussée. Il y a de la lumière à la grande fenêtre. Seule dans le froid, Daphné se sent irrésistiblement attirée…

Elle entre sans bruit dans le jardin. Elle se faufile jusqu'à la fenêtre et jette un coup d'œil discret à l'intérieur. La salle de cours est immense !

De grands miroirs couvrent les murs. Huit élèves s'exercent ensemble, la main posée sur une barre en bois, fixée tout autour de la pièce. Elles portent des justaucorps roses avec un ruban à la

taille, des collants assortis et des chaussons de danse lacés haut sur les chevilles.

Daphné les voit fléchir lentement les genoux, puis se redresser en souplesse au rythme de la musique.

«Elles font des *pliés*», se dit-elle, envieuse.

Elle a appris cette figure dans ses livres.

Madame Zaza parcourt la salle de long en large en corrigeant la posture de ses élèves. Elle se tient très droite, ses cheveux grisonnants retenus en chignon strict.

Les fillettes enchaînent sur un

deuxième mouvement beaucoup plus rapide.

« Des *battements tendus* », reconnaît Daphné.

Les ballerines se tiennent à la barre d'une main. Elles soulèvent l'autre bras avec grâce. En appui sur un pied, elles tendent la jambe sur le côté, talon levé, pointe au sol. Elles glissent la jambe vers l'arrière, reviennent sur le côté et glissent vers l'avant…

Daphné remarque une fillette brune, en particulier. C'est la plus douée : avec elle, tout semble facile !

Ensuite, les élèves décollent la pointe du sol pour tendre la jambe le plus loin possible.

Daphné ne peut plus résister !

Elle oublie qu'elle se cache et, posant la main sur le rebord de la fenêtre, elle fait l'exercice, elle aussi.

Elle se concentre. Elle ne se rend pas compte que Madame Zaza quitte la salle…

Daphné imite les danseuses, folle de joie. Elle a presque l'impression de prendre le cours avec elles !

Soudain, la porte de l'école s'ouvre en grand, et une voix l'appelle :

— Dis donc, toi ! Qu'est-ce que tu fais là ?

Daphné sursaute. Elle se retourne en tremblant. Madame Zaza, debout sur le perron, la dévisage d'un air sévère !

— Je suis désolée, madame,

s'excuse Daphné. Je regardais juste…

— Viens par ici ! reprend le professeur.

Et, malgré sa peur, Daphné n'hésite pas : elle escalade les marches en moins de deux !

2. Les chaussons rouges

— Comment t'appelles-tu? demande Madame Zaza.

— Daphné Beaujour, madame...

La petite fille a les larmes aux yeux. Elle va sûrement se faire gronder ! Mais elle cligne fort des

paupières. Elle déteste pleurer devant les gens.

— Je t'ai vue danser, par la fenêtre, Daphné. Où prends-tu tes cours ?

— Je n'en prends pas, répond la fillette, surprise. Je m'entraîne toute seule à la maison, avec des manuels…

Madame Zaza la regarde d'un air étrange.

— Tu ne veux pas entrer un moment ? On gèle, dehors, et je parie que tu aimerais visiter l'établissement…

— Oh oui, madame !

Et la fillette émerveillée suit le professeur le long du couloir bien chauffé et bien éclairé de l'école.

— Voici les salles de cours, dit Madame Zaza en désignant deux grandes pièces, de part et d'autre du couloir. Au fait, est-ce que tu as des chaussons de danse ?

Daphné secoue la tête. Chez elle, elle s'exerce toujours pieds nus.

Madame Zaza l'emmène jusqu'à une petite porte au bout du couloir. C'est un petit cagibi.

Des rangées d'étagères croulent sous des piles de boîtes poussiéreuses, de livres anciens, de magnifiques costumes de scène. Dans un coin, un gros coffre déborde de collants et de justaucorps neufs.

Madame Zaza attrape une boîte en carton toute cabossée, sur la plus haute étagère. Elle soulève le couvercle… Et Daphné découvre une paire de vieux chaussons rouges ! Le cuir est craquelé. Ils sont usés. On voit

qu'ils ont déjà beaucoup servi.
Mais plus Daphné les regarde,
plus elle a envie de les essayer !
Elle plonge la main dans la
boîte… et se retient à la dernière
seconde de prendre les chaussons !

— Ils te plaisent ? lui demande
Madame Zaza, sans se fâcher.

— Beaucoup ! s'écrie Daphné.

Ils sont abîmés, mais elle les
trouve très beaux.

— Tu voudrais les emprunter ?

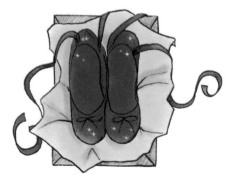

— Mais vous n'avez aucune raison de me les prêter ! s'étonne la fillette. Je ne suis même pas votre élève…

— Tu n'as qu'à revenir demain. Tu pourras suivre le cours que tu regardais.

Daphné n'en croit pas ses oreilles !

— J'aimerais beaucoup, madame, sauf que…

Elle rougit, gênée.

— Papa et maman n'ont pas les moyens de m'inscrire…

— L'argent n'est pas un problème ! assure Madame Zaza en agitant la main. N'en parlons

plus! Viens demain. Explique à tes parents que je te donne des leçons gratuites, et dis-leur de me téléphoner ce soir, d'accord?

Madame Zaza referme la boîte. Elle prend aussi un justaucorps et des collants rose pâle dans le coffre, et donne le tout à Daphné.

— Tu peux les emporter chez toi. Ne les oublie pas demain, surtout!

— Et si les chaussons ne me vont pas? s'inquiète soudain la fillette.

— Ils seront à ta taille, assure l'enseignante d'un ton mysté-rieux. C'est comme s'ils t'atten-

daient, tu sais. D'ailleurs, tu verras bientôt à quel point ces chaussons sont spéciaux…

Elle fixe un instant Daphné avant d'ajouter, plus autoritaire :

— Je t'attends à seize heures trente précises. Et en tenue ! À demain, Daphné.

Daphné est si heureuse ! Les vieux chaussons rouges serrés contre sa poitrine, elle se dépêche de rentrer à la maison raconter tout ça à sa mère !

3. Première leçon

Le lendemain, Daphné arrive avec une demi-heure d'avance à l'école de Madame Zaza. Tant mieux : elle enfile déjà sa tenue de ballerine !

Elle admire son reflet, dans le miroir en pied. Elle ressemble

exactement aux danseuses qu'elle enviait hier ! Mis à part la couleur des chaussons : les siens ne sont pas roses.

Mais ce n'est pas grave, car ils sont très confortables. Ils lui vont à la perfection, comme Madame Zaza l'avait prédit !

Enfin, les autres élèves entrent. Daphné reconnaît les deux fillettes qu'elle a vues la veille sortir de voiture en courant.

— Tu es nouvelle ? lui demandent-elles.

— Oui, je m'appelle Daphné.

— Eh bien moi, c'est Tiphaine, répond la première. Et elle, c'est Julie !

Tout le monde accueille Daphné avec gentillesse. Et à

seize heures trente pile, les balle-rines entrent dans la grande salle où les attend Madame Zaza.

La séance commence par une série de *pliés*.

Daphné s'applique. Elle écoute bien les instructions du profes-seur. Elle s'efforce de lever le menton et de garder le sourire. Bientôt, elle se sent aussi à l'aise qu'à la maison… mais un vrai cours, c'est cent fois mieux !

Après les exercices à la barre, les ballerines se regroupent au centre de la pièce. Elles travail-lent différents mouvements : *ports de bras, poses, pirouettes.*

La leçon s'achève sur *Clara et le Casse Noisette,* un extrait de *Casse-Noisette,* le ballet de Tchaïkovski, que les élèves répètent depuis plusieurs semaines.

— Tu n'as pas étudié la chorégraphie avec nous, Daphné, dit Madame Zaza. Assieds-toi et regarde.

Daphné adorerait participer à la répétition. En plus, elle connaît ce passage de l'histoire de *Casse-Noisette*! C'est le début, lorsque Clara reçoit en cadeau de Noël un beau casse-noisette en bois habillé en soldat. Elle aime tellement son jouet qu'elle

se relève la nuit pour danser avec lui !

Chaque élève interprète à son tour *Clara et le Casse-Noisette* en tenant une figurine dans ses bras. Giselle, la plus douée de la classe, passe en dernier.

Elle ne commet aucune erreur. Pourtant, quelque chose cloche…

Au piano, Madame Zaza secoue la tête.

— Non, Giselle ! Tu as une technique irréprochable, mais tu

n'es pas dans le rôle de Clara. Je n'ai pas cru une seconde que tu aimais le Casse-Noisette.

Puis, s'adressant à toute la classe.

— Interpréter un ballet, mesdemoiselles, c'est bien plus que danser. La magie ne s'opère que si tout le monde croit à l'histoire que nous racontons !

Madame Zaza pose son regard sur Daphné et ajoute :

— Oui, le secret, c'est d'y croire…

Ce soir-là, dans son lit, Daphné réfléchit. Elle a décidé qu'elle devait tout savoir sur *Casse-*

Noisette pour apprendre rapide-
ment les chorégraphies, elle
aussi. Elle attrape le gros livre de
contes posé sur sa table de chevet, et relit l'histoire du ballet…

*Après avoir dansé avec son casse-
noisette, Clara s'endort. À son réveil,
elle découvre qu'elle a rétréci et que son*

jouet a pris vie ! Mais le Roi Souris et son armée les attaquent ! Clara sauve le Casse-Noisette en jetant sa pantoufle à la tête du cruel Roi Souris qui s'écroule, assommé. Le sortilège est levé : le Casse-Noisette redevient enfin un vrai prince ! Il emmène alors Clara dans un fabuleux monde enchanté, où la fillette rencontre la Fée Dragée, les bonshommes flocons, les danseurs arabes, et plein d'autres personnages fantastiques !

Daphné sourit. Elle adore les histoires qui finissent bien ! Elle repose son livre, se blottit sous sa couette, et éteint la lumière.

Elle s'imagine en train de dan-

ser le rôle de Clara, lorsque quelques notes de musique résonnent soudain dans la chambre.

— Qu'est-ce qui se passe? demande Daphné en se dressant dans le noir.

Elle étouffe un cri : ses chaussons rouges ! Ils brillent au pied du lit !

4. Le royaume enchanté

Daphné pense d'abord à courir chercher ses parents. Mais elle se souvient de ce qu'a dit Madame Zaza, à propos des chaussons : ils sont très spéciaux.

Prudemment, elle tend la main vers eux. Aussitôt, ses doigts

la picotent, et elle ne peut pas s'empêcher de les attraper pour les enfiler.

Ses pieds lui semblent légers, légers… Quand elle finit de lacer

les rubans autour de ses chevilles, un frisson remonte le long de ses mollets. Et les chaussons se mettent à danser tout seuls !

Daphné pirouette malgré elle. Elle tourne si vite que sa chambre devient floue. Une brume multicolore tourbillonne et…

Pof ! Daphné atterrit brusquement sur un fauteuil de velours, dans une salle de théâtre déserte.

La fillette n'y comprend rien. Elle ne voit qu'une explication : elle est en train de rêver !

Sur la scène immense, le rideau se lève. Le décor d'un village apparaît. Au loin, un sombre

château se dresse sur le flanc d'une montagne vertigineuse…

En bordure de scène, une fée en tutu mauve est assise sur une souche d'arbre, le visage caché entre les mains. Dans son dos, Daphné distingue un clown. Deux danseurs russes. Une espagnole en robe rouge. Et un groupe de figurants en costumes à fleurs.

Daphné se dit qu'elle va assister à un spectacle… mais, en réalité, la petite fée pleure à chaudes larmes ! Daphné descend l'allée centrale et rejoint la scène en lançant :

— Bonjour !

La fée sursaute.

— Qui es-tu ?

— Je m'appelle Daphné Beaujour. Et toi ?

— Je suis la Fée Dragée.

Daphné plisse le nez.

— Tu veux dire que tu joues le rôle de la Fée Dragée dans le ballet *Casse-Noisette*?

— Non, je suis la Fée Dragée *pour de vrai*! proteste la ballerine en sautant sur ses pieds.

Son tutu scintille sous les projecteurs. Elle reprend:

— Tu viens d'arriver dans le monde d'Enchantia, Daphné! Le pays des héros des ballets! Et toi, d'où tu viens?

— De... ma chambre, balbutie la fillette. C'est grâce à mes chaussons de danse. Ils se sont mis à briller, je les ai enfilés, et voilà!

— Si on t'a confié les chaussons magiques, c'est que tu dois
aimer la danse de tout ton cœur !
s'exclame la Fée Dragée. Ils ont
le pouvoir de te conduire à
Enchantia chaque fois qu'il y a
un problème à régler.

Daphné hoche la tête. Des
chaussons magiques ! Elle murmure :

— Alors, je ne rêve pas, tu exis-
tes vraiment. Et tu dis que tu as
un problème ?

— Un énorme problème,
Daphné : le bonheur et la gaieté
ont disparu de notre monde merveilleux !

Les yeux bleus de la Fée
Dragée s'emplissent à nouveau
de larmes. Elle continue :

— Le terrible Roi Souris a
banni la danse d'Enchantia !

— Le Roi Souris ? répète
Daphné en se rappelant l'histoire de *Casse-Noisette*.

— Oui. Il déteste la danse, s'exclame la fée. Il a capturé notre
cher Prince Casse-Noisette et l'a
transformé en bonhomme de

bois ! Sans lui, plus personne ne peut danser : ni les jouets, ni les flocons de neige… Ni moi !

À ces mots, elle se dresse sur les pointes… et trébuche !

— Tu vois ? La danse n'existe plus à Enchantia ! Elle ne réappa-

raîtra qu'au retour de notre Prince ! Mais le Roi Souris le retient prisonnier dans son sinistre château, sur la montagne.

— C'est trop affreux de ne plus pouvoir danser, dit la fillette. Je vais t'aider !

— Merci, tu es très gentille ! Mais l'Armée des souris garde l'entrée du château. Et les soldats du Roi sont féroces...

— Tant pis ! insiste Daphné. Il faut délivrer Casse-Noisette ! Comment on va au château ?

— Par magie, bien sûr !

5. Au château !

La Fée Dragée brandit sa baguette en argent. Un nuage de poussière d'étoiles les enveloppe et Daphné se sent propulsée dans les airs ! Elle pirouette sur elle-même une fois, deux fois, trois fois et…

Pof! elle retombe à terre.

Daphné et la Fée Dragée se retrouvent en pleine forêt. Les brindilles craquent sous les talons de la fillette.

— Le château du Roi Souris ! chuchote la fée.

Le sombre palais s'élève de l'autre côté d'un bosquet, ses tours pointues montant presque jusqu'au ciel.

Deux souris géantes gardent la lourde porte du château. Elles se tiennent debout sur leurs pattes arrière et portent une épée à la ceinture. Elles ont de petits yeux menaçants, des dents acérées et un museau très long.

Il flotte une épouvantable odeur de pourri…

— Pouah ! Ça pue ! chuchote Daphné.

— Le Roi Souris adore fouiller dans les poubelles pour se nourrir, murmure la fée. Ses soldats lui en rapportent des tas !

Elle agite à nouveau sa baguette. Deux grosses prunes juteuses apparaissent dans sa main. Un délicieux parfum sucré s'en échappe.

— Tiens, Daphné, mets-en une dans ta poche.

— Ouf, je préfère cette odeur ! Et maintenant, tu nous fais entrer dans le château ?

— Impossible. Mes pouvoirs sont moins puissants que ceux du Roi…

Soudain, les sentinelles se mettent à renifler.

— Miam ! Une douce odeur de fruit ! lance la plus maigre des deux. Ça vient de la forêt, vite !

Et elles foncent droit en direction de Daphné et de la fée !

— Oh non ! J'ai oublié que les souris adorent les fruits !

Elle brandit sa baguette, pour s'envoler avec Daphné. Mais celle-ci l'en empêche.

— Attends ! J'ai un plan ! Si on attire les soldats assez loin du château, la porte ne sera plus gardée et on pourra entrer ! Il faut semer une piste de fruits !

— C'est trop dangereux, souffle la fée.

— Mais c'est la seule solution ! répond Daphné.

En soupirant, la fée obéit. Elle fait apparaître des dizaines de fruits juteux qu'elles sèment ensemble dans la forêt. Elles font le plus vite possible. Enfin, elles s'arrêtent devant un ruisseau peu profond, mais avec beaucoup de courant.

— J'ai une autre idée ! s'écrie Daphné. J'ai besoin d'une corde, ou d'un...

— Un ruban de danseuse ? propose la Fée Dragée en en faisant apparaître un. À quoi tu penses ?

— À donner un bon bain à ces deux idiotes de souris ! dit Daphné en riant.

Elle attache le ruban entre deux arbres, pour qu'il passe pile en travers du chemin de fruits.

— Allons nous cacher ! fait-elle ensuite en entraînant la fée derrière un buisson.

Peu après, les gardes arrivent !
Ils courent, ramassent les fruits,
se les arrachent…

— Elle est à moi ! Je l'ai vue
avant !

— Non ! À moi !

Ils sont tellement occupés à se
disputer qu'ils ne voient pas le
ruban… et se prennent les pattes
dedans !

— Aaaaaah ! hurlent-ils en
plongeant dans le ruisseau.

— Pour un bon bain, c'est un
bon bain, bafouille la Fée
Dragée, mi-catastrophée, mi-
amusée.

— Ça leur apprendra peut-être

à partager ! se moque la ballerine. Allons au château pendant
qu'elles se sèchent !

Elles se précipitent à la grande
porte du palais. Daphné tourne
la poignée d'acier en forme de
tête de souris…

Elle pénètre avec la Fée
Dragée dans le hall d'entrée. Pas
de soldat ici non plus, une
chance !

Au-dessus de la cheminée, Daphné remarque le portrait effrayant d'une grosse souris au pelage luisant, avec une couronne et une cape rouge : l'horrible Roi !

Il y a aussi deux colonnes de boîtes qui s'empilent jusqu'au plafond. Elles sont étiquetées *Colle à séchage rapide.* Et sur la table, juste devant…

— Regarde, Daphné !

La Fée Dragée montre un personnage de bois, sur la table. Il a une veste rouge à boutons de cuivre, un pantalon noir, des bottes et une épée…

— Casse-Noisette !

Daphné s'en empare, quand des bruits de pas résonnent soudain dans le couloir.

— Garde ! Retournez tout de suite dans le hall ! ordonne une voix. Le Roi serait furieux s'il découvrait que vous avez laissé Casse-Noisette sans surveillance ! Et dire que vous quittez votre poste pour une odeur de fruit ! Quelle honte !

6. Il suffit d'y croire

— Ils arrivent ! chuchote Daphné à la fée.

Elles n'ont pas le temps de réfléchir. Elles se glissent dans le minuscule placard, près de la cheminée.

Avant de fermer la porte, la

Fée Dragée fait apparaître un autre Casse-Noisette sur la table. Comme ça, on ne s'apercevra pas de sa disparition !

Il était moins une ! Deux souris entrent dans la pièce : un soldat armé et un sergent qui porte un élégant gilet à boutons dorés.

— Ouf! Casse-Noisette est toujours là! Le Roi est si content de l'avoir transformé en pantin de bois... Il n'a plus besoin de ces caisses de colle, à présent! Il voulait fixer les semelles des habitants d'Enchantia au sol... C'est quand même plus pratique d'avoir capturé Casse-Noisette pour empêcher les gens de danser!

Il retrousse les babines avec un air féroce.

— Et vous, garde, ne quittez plus votre poste!

Le sergent sort. Dans sa cachette, la Fée Dragée s'inquiète.

— On est piégées ici, maintenant !

Daphné soupire. C'est vrai, il
n'y a aucune autre issue… Seul
Casse-Noisette pourrait les aider,
en combattant le soldat !

— Tu saurais ramener Casse-
Noisette à la vie ? demande-t-elle
alors à la Fée Dragée.

— Hélas non ! Pas dans le château ! Il faudrait une magie si

puissante qu'elle surpasserait celle du Roi Souris !

Tout à coup, Daphné se rappelle le conseil de Madame Zaza, cet après-midi, au cours de danse : *Le secret, c'est d'y croire. Croire à l'histoire que l'on raconte pour que la magie opère.*

Et elle avait dit ça en la fixant étrangement, comme si elle parlait juste pour elle…

Daphné réfléchit. Qu'est-ce qui se passe déjà, dans le ballet *Casse-Noisette* ?

Mais bien sûr ! Clara danse avec son jouet, et il prend vie !

Les pieds de Daphné s'agitent,

dans ses vieux chaussons rouges. Les premières notes de *Clara et le Casse-Noisette* résonnent dans sa tête…

« Je suis Clara ! » se dit Daphné en serrant contre elle le Casse-Noisette.

Elle lève les bras, sautille, puis tend la jambe en arrière dans une arabesque parfaite.

— Ça marche ! s'écrie la Fée Dragée. J'ai vu Casse-Noisette bouger ! Continue !

Daphné pirouette, avance de deux *pas de chat* agiles. Elle brandit Casse-Noisette au-dessus de sa tête, elle valse avec lui.

Elle est Clara, elle aime son jouet, elle y croit vraiment !

Et brusquement, dans un éclair… Casse-Noisette redevient le beau Prince d'Enchantia ! Daphné n'en revient pas. La Fée Dragée applaudit !

— Le pouvoir de la danse est plus fort que tout et grâce à toi, Daphné, Enchantia l'a enfin

retrouvé ! dit Casse-Noisette.
Merci d'avoir su y croire !

7. On s'enfuit !

— Il faut quitter ce château ! supplie la Fée Dragée. Une fois dehors, je nous renverrai au village d'un coup de baguette magique.

— Suivez-moi !

Le Prince Casse-Noisette dé-

gaine son épée. Il enfonce la porte du placard…

Le garde, dans le hall, pousse un cri. Comment est-ce possible ?

— La magie de la danse est invincible ! lui lance le Prince. Laisse-nous passer !

— Jamais !

Le soldat leur barre la route.

D'un habile *chassé en avant*, Casse-Noisette le désarme de la pointe de son épée et le garde détale en hurlant :

— Au secours ! Le Prince Casse-Noisette s'évade !

On entend aussitôt le bruit d'une cavalcade, dans le couloir du château. Puis la porte s'ouvre brutalement.

— Qu'est-ce qui se passe ici ? gronde une énorme souris aux yeux rouges.

Quatre sentinelles l'accompagnent.

« Le Roi ! » songe Daphné, effrayée, en voyant la longue

cape bordée de fourrure et la lourde couronne d'or.

— Casse-Noisette ! rugit le Roi. Je t'avais pourtant transformé en pantin !

— Oui, eh bien, me revoilà, Sire ! le provoque le Prince. Enchantia en danse déjà de bonheur !

— Ne te réjouis pas trop vite !

Et le Roi Souris bondit sur lui, son sabre à la main ! Ses quatre soldats l'imitent. Le Prince Casse-Noisette les affronte avec courage, mais à cinq contre un, il n'a aucune chance de remporter la bataille…

Bientôt, il se retrouve coincé contre le mur et bouscule les piles de cartons !

En les voyant vaciller, Daphné a encore une idée !

Elle enlève un de ses chaussons rouges et crie :

— Hé ! Votre Majesté ! Coucou !

Le Roi Souris se tourne vers elle.

— Mais qui es-tu, toi ?

— Je m'appelle Daphné ! répond-elle en lui lançant le chausson à la tête.

Le Roi se baisse juste à temps pour l'éviter. Il éclate de rire.

— Si tu croyais m'avoir comme la Clara du ballet, c'est raté ! Je connais déjà l'histoire et toi, tu ne sais pas viser !

— Si, je sais !

Son chausson s'est écrasé sur les boîtes en carton, qui vont bientôt s'écrouler !

Le Prince Casse-Noisette

ramasse le chausson et s'éloigne avec prudence. Quant au Roi Souris, il est bien trop occupé à se moquer d'elle pour s'en apercevoir :

— Tu m'as manqué ! Tu m'as...

Il s'interrompt : ça y est, les cartons s'effondrent ! Les pots de colle se renversent, et en moins de deux, le roi et ses gardes sont tout englués !

— Tu me le paieras, Daphné ! hurle le Roi Souris.

Mais il ne peut plus bouger : il est déjà collé au sol !

Daphné, le Prince Casse-Noisette et la Fée Dragée en profitent pour courir à la porte d'entrée. Ils sortent enfin du château, et Daphné récupère son précieux chausson magique avant que la fée les renvoie tous les trois au village.

Le décor a beaucoup changé !

Maintenant, tout le monde danse et s'amuse, au pays des ballets ! Des jouets, des fleurs, des bonbons… Et la musique flotte dans l'air, douce et joyeuse !

La Fée Dragée prend Daphné par la main.

— Dansons, nous aussi !

La fillette se laisse guider par la mélodie. Elle fait trois petits pas, puis saute, bras tendus, pointes cambrées, et retombe dans une arabesque légère.

Elle ne fait qu'un avec la musique. Elle suit la Fée Dragée dans une série de pirouettes lorsque le

Prince Casse-Noisette bondit sous leur nez, et se transforme en un vrai prince de conte de fées ! L'uniforme du soldat a disparu : il porte à présent un costume scintillant assorti au tutu de la Fée Dragée.

Daphné les admire. Le Prince soulève la fée à bout de bras. Il

tourne sur lui-même avant de la reposer en souplesse à terre. Là, la Fée Dragée virevolte sur les pointes tandis que les fleurs valsent autour d'eux, les flocons de neige tourbillonnent, les danseuses espagnoles déploient leur jupon rouge, les danseurs russes se prennent par le bras…

Partout, ce n'est que mouvement, danse et couleurs sur la scène du théâtre du monde d'Enchantia !

Enfin, le Prince et la Fée Dragée s'arrêtent, les joues roses et l'œil brillant.

— Il est l'heure de rentrer à la

maison, Daphné, souffle le
Prince. Nous ne te remercierons
jamais assez de nous avoir sauvés !
Bravo !

Mais Daphné est inquiète.

— Mes parents doivent se
demander où je suis passée…

— Le temps n'existe pas à
Enchantia, lui explique alors le
Prince. Tu vas te retrouver dans
ta chambre, pile à l'instant où tu
en étais partie !

— Et puis, tu reviendras nous
voir, ajoute la Fée Dragée en
voyant l'air triste de la fillette. Tu
as les chaussons magiques, n'oublie pas ! Dès que nous aurons

besoin de ton aide, ils te ramène-
ront ici !

Elle embrasse Daphné, puis
agite sa baguette magique.

— Ça, c'est un petit souvenir
pour toi !

Un somptueux tutu blanc
apparaît dans les mains de la fillette stupéfaite.

— Dis bonjour de ma part à Madame Zaza ! termine la fée. Au revoir, et merci !

— Au revoir ! crie Daphné lorsqu'une pluie d'étoiles s'abat sur sa tête.

Une brume multicolore l'enveloppe. Elle se met à pirouetter sur elle-même et…

Pof ! Elle atterrit sur son lit !

8. De retour à la maison

Daphné contemple son splendide tutu blanc.

— Alors, je n'ai pas rêvé… On dirait bien que tout était vrai !

C'est pourtant difficile à croire…

Elle dénoue les rubans de ses

chaussons de danse en pensant à Madame Zaza. Elle avait raison : ces vieux chaussons rouges sont extraordinaires !

Après les aventures qu'elle vient de vivre à Enchantia, la fillette est plus déterminée que jamais à devenir une ballerine d'exception ! Elle s'entraînera, encore, et encore… et encore !

— Je dois me perfectionner et ne manquer aucun cours de danse, décide-t-elle. Je suis sûre que, comme ça, la magie sera de plus en plus forte !

Daphné range avec soin son tutu neuf sur sa table de chevet, à côté de ses chaussons usés. Elle aimerait quand même bien savoir quand ils se remettront à briller ! La Fée Dragée a promis que Daphné pourrait revenir…

Et c'est tant mieux !

Car, quel que soit le problème à régler, les habitants d'Enchantia pourront toujours compter sur l'aide de Daphné !

FIN

Les Ballerines Magiques

Invitation !

Je t'invite à partager mes prochains
voyages à Enchantia,
le monde merveilleux des ballets !
Rejoins-moi vite
dans mes autres aventures !

2. Le sortilège
des neiges

3. Le grand
bal masqué

4. Le bal
de Cendrillon

Comme Daphné, tu adores la danse ?
Alors voilà un petit cadeau pour toi…

Darcey Bussell est une célèbre
danseuse étoile. Tourne vite la page,
et découvre la leçon de danse exclusive
qu'elle t'a préparée !

Ma petite méthode de danse

Les positions de base

Il en existe six. Il faut bien
les mémoriser, car elles sont à la base
de tous les mouvements !

Position de Repos

Joins les talons, pointes
vers l'extérieur. Arrondis
les bras devant toi,
mains légèrement écartées.

Première Position

Sans décoller les talons,
remonte les bras
en amenant les mains devant
le nombril.

Deuxième Position

Ouvre les bras et lève-les jusqu'aux épaules. Écarte les jambes, les pieds au niveau des hanches.

Troisième Position

Croise le pied droit devant le gauche, talon à talon. Baisse la main gauche au nombril.

Quatrième Position

Glisse le pied droit en avant, baisse le bras droit au nombril et lève le gauche arrondi au-dessus de toi.

Cinquième Position

Lève les deux bras au-dessus de ta tête, en arrondi, mains écartées, les épaules basses.

Table

**PAPIER À BASE DE
FIBRES CERTIFIÉES**

⊟ hachette s'engage pour
l'environnement en réduisant
l'empreinte carbone de ses livres.
Celle de cet exemplaire est de :
300 g éq. CO_2
Rendez-vous sur
www.hachette-durable.fr

Imprimé en Espagne par CAYFOSA
Dépôt légal : février 2009
Achevé d'imprimer : octobre 2013
20.1735.8/15 ISBN : 978-2-01-201735-1
*Loi n° 49956 du 16 juillet 1949
sur les publications destinées à la jeunesse*